AF450294

Polvo de estrellas y un café

Cony G. Leal

EDIQUID

POLVO DE ESTRELLAS Y UN CAFÉ
© Cony G. Leal

Editado por: Corporación Ígneo, S.A.C.
para su sello editorial Ediquid
José Olaya 169, ofic. 504, Miraflores. Lima, Perú
Primera edición, julio, 2024

ISBN: 978-612-5142-99-3
Tiraje: 50 ejemplares

Hecho el Depósito Legal en la Biblioteca Nacional del Perú N° 2024-05507
Se terminó de imprimir en junio del 2024 en:
ALEPH IMPRESIONES SRL
Jr. Risso Nro. 580 Lince, Lima

www.grupoigneo.com
Correo electrónico: contacto@grupoigneo.com | Teléfono: +51 955 071 270
Facebook: Grupo Ígneo | X: @editorialigneo | Instagram: @grupoigneo

Reservados todos los derechos. El contenido de esta obra está protegido por leyes de ámbito nacional e internacional, que establecen penas de prisión o multas, además de las correspondientes indemnizaciones por daños y perjuicios, para quienes reprodujeren, plagiaren, distribuyeren o comunicaren públicamente, en todo o en parte, una obra literaria, artística o científica, o su transformación, interpretación o ejecución artística fijada en cualquier tipo de soporte o comunicada a través de cualquier medio, sin la preceptiva autorización.

Colección: Nuevas Voces

Contenido

Introducción 9

Polvo de estrellas y un café 13

Yoan 15

    A. El papá abuelo 20

Laru 26

    B. Una mami poeta 31

Mar 37

    C. Una abuela auténtica 41

Pau 46

    D. Te quiero, papi. Escúchalo antes de que se enfríe mi

    café. Escúchalo antes de que ya no estés 48

Lúa 55

    E. Mamá amorosa, una luchadora incansable 59

*Detrás de mí están todos mis
ancestros dándome fuerza.
La vida pasó a través de ellos
hasta llegar a mí.
Y en su honor la viviré plenamente.*

Bert Hellinger

A mi asertiva hija Ada: cada palabra
que me brinda es un lindo obsequio.

A mi amiga Lauris: hemos viajado juntas
en el camino laboral y de amistad.

A mi joven amiga, Paola: de la que he aprendido mucho.

A mi hermana Lupita: porque su brillo es nato;
sin opacar a nadie, nos brinda lecciones de humildad.

A mi responsable hijo Ig, a mi aventurera y valiente hija Aru,
a mis adorados nietos Ik y Lu, a su mami y
a mi amado compañero de vida, Tata Nacho,
siempre serán prioridad e importantes en mi vida. Los amo.

Y a mí por ser resiliente y comprender el
¿por qué a mí?, lo que me llevó
al camino de la psicología.

A Cronos…

Son cartas reales, filtradas con un tamiz de respeto y llenas de amor, con una gran pincelada de fantasía, de esas que curan. Son historias que, al leerlas, podrían coincidir con tu vida; cuentos breves en donde se entretejen lugares, tradiciones, personajes y nombres, que quizá te permitan, por un momento, percibir el olor a café, a azahares o, quizá, creer que conoces esos lugares mágicos. Todo lo bueno sucede en ese café.

Cony

Este libro es un viaje hacia el interior de tus recuerdos, con un dejo de esa nostalgia bonita que al regresar a tu presente, te hace agradecer y valorar tu pasado e incluso más, tu aquí y ahora.

Es una reflexión que te invita a expresar todo aquello que pasa por tu mente a aquellas personas que te dicte tu corazón.

Me quedo con el aprendizaje de no dejar nada pendiente: agradecimientos, reconocimientos, preguntas, inquietudes… «Dilo, no esperes a encontrar a esa persona en la cafetería del tío Chato», dilo hoy. Ada.

El libro habla sobre las pérdidas y experiencias de vida, que nos hacen ser resilientes ante las mismas. Estos relatos nos dan la oportunidad de sanar, aunque tu ser querido ya no esté y en el mágico encuentro puedas descubrir la paz, sencillamente me encantó. Ani.

Introducción

En la terapia psicológica, acuden personas con historias de vida increíbles, llenas de tristeza, desamor, coraje y, en fin, una mezcla de sentimientos y emociones que les han dañado. Una de mis primeras preguntas suele ser: ¿Cómo has logrado sobrevivir todos estos años? ¿Qué crees que hay en ti que te ha permitido continuar con tu vida? Obvio que es importante saber a quién y cómo formular estas preguntas.

Una de mis estrategias preferidas son las cartas terapéuticas. Invito a mis consultantes a que escriban y escriban cuando se sientan listos para hacerlo, ya sea para alguien que se haya alejado de sus vidas o que ya no está en este plano. Las cartas para el terapeuta son una manera de entender qué está pasando con la persona en las sesiones y cómo se ha sentido en terapia. También se utilizan cartas para niños y adolescentes.

Quiero compartir una breve historia de un pequeño que llegó con su madre a terapia, «tenía miedo de ir solo al baño» así que cada vez que lo necesitaba, alguien tenía que acompañarlo. El problema se agravaba en la escuela, ya que no siempre había personal con el tiempo para acompañarlo, por lo que se aguantaba.

Después de dos o tres sesiones, de charlas con el pequeño y sus padres, nos enteramos que ese temor se produjo debido a su abuelo pues este había fallecido de un infarto en un baño. Me di cuenta que le gustaba dibujar, además lo hacía muy bien; entonces, le propuse que redactáramos un cuento especial para el abuelo, se entusiasmó, así que él dibujaba y entre los dos inventábamos la historia. Fue un cuento muy emotivo que finalizó con una carta para su abuelo.

> *Abu, sé que cuando te moriste en el baño fue por viejito muy viejito. Te mando hasta el cielo un dibujo de ti y de mi cuando ibamos a jugar futbol. Hice un cuento para ti y mi familia, para que mis papás no estén tristes. Gracias por quererme mucho, te prometo que ya no me dará miedo entrar al baño solo, también ahí hice un gran dibujo de ti y de mí en la pared del baño, mami hizo una cara de susto al verlo, pero creo si le gustó porque me dio un beso. Te quiero abu Toño. Yo también quiero morir de viejito muy viejito como tu y ¿crees que Diosito nos deje juagar fut?*

Como terapeuta, redacto breves notas invitándolos a continuar con las terapias o asistir a ellas. En otras ocasiones, las cartas son algo que cada consultante debe escribir a sí mismo, para reconocerse y valorarse, o dirigidas a su niño o niña interior. *¡Una carta terapéutica, según las pesquisas de David Epston, equivale a 4-5 sesiones de terapia!*

Puedo confirmarlo, ya que es una de mis herramientas preferidas.

Por eso, surge en mí la idea de escribir un poco sobre cinco historias, con el debido respeto y permiso de mis cómplices. Por obvias razones, los nombres y algunos hechos están cambiados, pero las cartas originales se mantienen tal cual. Esta es solo una muestra de que siempre vamos a encontrar una solución a nuestros problemas, a encontrar respuestas que nos ayuden a reparar nuestras almas rotas, vencer miedos, tomar decisiones, decir lo que en vida no dijimos y saber qué fue de nuestros ancestros que no tuvimos oportunidad de conocer y honrar su memoria.

Estas historias me dan la idea, después de leer un excelente libro llamado *Antes de que se enfríe el café* (título que parafraseo en mi libro) del gran escritor Kawaguchi Toshikazu. ¿Por qué hago mención de este autor y a uno de sus libros?

En mi búsqueda de libros por leer, me topé con él; el título, la sinopsis y unas cuantas hojas leídas en ese momento reafirmaron una loca idea de narrar lo que ya había planeado hace tiempo, pero no había concretado. Este libro me hizo pensar en algo fantasioso y extraño. Mi mente no para, *tengo una mente rumiante* (frase tomada del libro *El peligro de estar cuerda* y la adopto) y soñadora. Hoy he decidido hacer una compilación de breves historias en un reencuentro con alguien especial. Es un libro corto con cinco historias reales llenas de espiritualidad, fantasía y amor. No lo hubiera podido elaborar sin las narraciones de estas cinco mujeres admirables.

En terapia, los psicólogos y terapeutas nos encontramos con muchas historias de vida. Vidas entramadas y conflictos existenciales, con las cuales podríamos diseñar varios libros. Todos, de lucha, amores, desamores, de gente valiente, en duelo y resilientes, dispuestas a echar mano de algo y a utilizar una técnica. En las primeras citas, sus caras están desencajadas, muestran dudas, miedo; algunos quisieran contar mucho y sus palabras salen atropelladas, o se les quiebra la voz. Desean apropiarse de cada palabra o ese consejo que les brindo para tratar de sanar el alma. Confiando en su terapeuta, narran lo no narrado, con verdad absoluta y de otra forma. Es por ellos, por mis valientes consultantes que esta seudoescritora escribo mi primera y quizá única novela corta, se llama...

Polvo de estrellas y un café

Si el universo te diera la oportunidad de platicar con un ser querido que ya no está, ¿quién sería esa persona? ¿Qué le dirías?

Para la mayoría, tomar un café es un deleite y una necesidad. ¡Qué agradable tomarlo en un lugar mágico y recibir a esa persona especial, a ese ser que ya no se encuentra en vida! ¡puede suceder! Solo hay ciertas reglas estrictas que cumplir. La consigna es: tienes poco tiempo para estar con esa persona, no puedes cambiar el pasado, ni pedir que te otorgue algo. Puedes hablar de lo que tú quieras; él o ella seguro te escucharán con atención y responderán. Le dirás lo que te faltó o el perdón no ofrecido, le expondrás tu vida desde que ya no está contigo, conversarás solo para recordar lo vivido y apreciarás y disfrutarás de nuevo su compañía.

Tú decides si es alguien a quien extrañas mucho, que amabas o quizá tuviste algún disgusto o un malentendido no resuelto, o aquella persona admirada que no llegaste a conocer del todo. No puedes cambiar de personaje, no puedes abrazarla ni tocarla; la verás y volverás a escuchar su voz. Otro detalle, en ese rincón agradable, pedirás un café, será una de las señales que mida el tiempo para permanecer con tu invitado, al terminarlo o cuando se enfríe escucharás tres campanadas de la Iglesia del pueblo, entonces, tu invitado se retirará y la magia terminará.

Sé que tu mente también es rumiante e inquieta, en el buen sentido. Te gustan los viajes y las aventuras. Leí el libro de Rosa

Montero *El peligro de estar cuerda,* quien además de ser escritora es psicóloga. El contenido es especial para los escritores, sugiriendo que se necesita estar un poco loco (no lo dijo así textualmente) para ser escritor. Yo no soy escritora, loca, sí.

Entonces, te invito a entrar en este sueño, que espero y te deje un buen sabor de boca y, si no, con un buen trago de café amargo a veces se retiran las tristezas o los enojos y vuelve el alma al cuerpo.

Como si fuera el túnel del tiempo, traspasando a Cronos y como polvo de estrellas, de ahí emerge tu invitado a tu presente, para acompañarte a tomar una taza de café.

Tu destino es un pueblo mágico, hermoso y silencioso con olor a tierra mojada y a azahares. Casi al final o inicio del pueblito, según de dónde vengas o a dónde te dirijas, hay una cafetería rústica. La puerta de entrada es de madera despintada en verde olivo y marrón. Al lado, en la banqueta, una pequeña mesa redonda con dos sillas, al centro, la adorna un tarro con flores de lavanda. Las ventanas con barrotes negros que bajan desde el techo hasta el piso tienen colgadas macetas con diferentes tipos de flores, despidiendo una mezcla de perfumes que te invita a entrar.

Yoan

Yoan se detiene justo en la puerta, percibe el olor a café que embruja. Por un instante, cierra los ojos, aspira profundo y ese aroma provoca en ella magia, nostalgia, angustia y felicidad. Es una clara invitación a pasar y disfrutar de una taza de café. Ella recuerda a este pueblo cuando era muy pequeña y venía de visita a ver a su abuela. Hoy estaba de paso.

La sala principal tiene unos muebles viejos muy mexicanos, rudos y con cojines bordados con flores de todos colores. En medio de la sala, justo ahí, hay una joven sentada de manera cómoda con libros en su falda y absorta hojeando uno entre sus manos. No puedes verle el rostro ya que su pelo castaño y lacio tapa parte de su cara. Al fondo, una alta pared de adobe alberga estantes con muchos libros. Distribuidas sin un orden específico, se encuentran cuatro mesas de hierro retorcido acompañadas de cómodas sillas. En ellas, algunas personas leen con su taza de café en mano, mientras que otras conversan en voz baja disfrutando de un delicioso café o té.

A la izquierda, cerca de una de las ventanas, hay un mostrador que hace juego con la madera de la puerta, verde olivo y marrón. Sobre la barra, se exhiben varias tazas de diferentes diseños, algunos pastelillos cubiertos de manera adecuada y al fondo de la barra una enorme cafetera antigua que emite sonidos burbujeantes mientras filtra el aromático café.

La pared que guarda el mostrador es también de adobe, y está enmarcada por un espejo tan antiguo que puedes distinguir algunas raspaduras que dejan ver la pintura de plata y aluminio. Una señora que no parece tener edad, hermosa pero no joven, tampoco vieja, con un delantal blanco y pulcro, se apresura a servir café y acomoda los pastelillos en platos diminutos. Pareciendo sonreír para sí misma.

Si levantas la vista al techo, verás grandes vigas de madera que sostienen entretejidas tejas de barro. De las maderas descienden dos grandes lámparas con quinqués que alumbran de manera tenue, sin dar resplandor. En la pared, a tu derecha, hay unos cuadros antiguos: uno es de un pueblo pintoresco y otro de flores, ambos muy bellos de algún artista desconocido. También hay una fotografía con un marco muy garigoleado que muestra a una familia que posiblemente fueron los dueños de este lugar.

Saludas y decides caminar hacia una mesa. La señora sin edad contesta de manea parca pero amable.

En eso, se acerca a ti un hombre mayor. Sus ojos verdes, cargados de ayeres y esbozando una grata sonrisa, te recibe. Lleva un traje color oxford, un sombrero antiguo y un pañuelo en la solapa con una letra bordada en la punta. No distingues la letra, en su mano izquierda lleva un bastón, el cual al finalizar la curvatura tiene labrada la cabeza de un gracioso perro. Al notar el viejo que observas el bastón, te dice:

—Era Cóndor, mi fiel perro pastor. Yo soy Juan José, pero en el pueblo me conocen como tío Chato.

—¡Mucho gusto, don Chato! —responde Yoan.

Le pregunta si desea alguna mesa en especial.

—¿En la sala o prefieres ir al patio trasero? Es solitario y bonito.

Te entusiasma la idea y decides por el patio trasero, así disfrutarás del café, la soledad y un buen libro. Entonces el anciano te pregunta si conoces la magia de ir al patio trasero y ocupar la mesa del pasado para el invitado especial.

—No, dices intrigada con una sonrisa más de desconfianza que de suerte. Te advierte que en el patio hay una sola mesa para dos personas.

El anciano te toma del brazo, más para sostenerse que, para dirigirte al patio, te pregunta si estás de visita en el pueblo.

—Solo estoy de paso. Hace muchos años veníamos de vacaciones a visitar a mi abuela.

—¿Tu abuela? ¿Cómo se llama? —preguntó el anciano.

—Se llamaba Cruz. Ella murió hace tiempo, todos le decíamos mami Crucita.

—¡Sí, claro! La recuerdo, era muy hermosa.

—Así es, hoy estoy de paso y me llamó la atención su cafetería. ¿Es suya?

—Se puede decir que sí, aún está conmigo.

Piensas: «Qué extraña respuesta».

En el trayecto al patio trasero, antes de llegar a la puerta que conduce a él, te detiene y te advierte:

—Joven, ¿cómo me dijiste que te llamas?

—Ah, sí, me llamo Yoan.

—Mmm, Yoan. Hay reglas para sentarse en la mesa del pasado.

Titubeas, miras de reojo un lugar desocupado en el sillón pequeño cerca de la chica, que en ese momento levanta la vista y te observa. Quizá también sugestionada, pero de manera rápida sigue con su lectura y su café.

De pronto dudas, si mejor es en el sofá o salir al patio. Muy intrigada, piensas que no necesitas una mesa para dos, y te preguntas: ¿quién quiere ahora un invitado especial? Si lo que quieres es estar cómoda leyendo y sola, descansar y continuar tu viaje.

El tío Chato, sin percatarse de tus dudas, continúa explicándote, diciendo que en el patio hay tranquilidad.

—En esta época del año, el ambiente es cálido y fresco. Sobre todo después de la lluvia.

Ya muy interesada, decides preguntar:

—¿Por qué tengo que invitar a alguien especial? Me gustaría estar sola.

El viejo te motiva a entrar y dice:

—Si lo que te voy a contar no es de tu agrado y no quieres al invitado especial, no puedes estar en el patio. Entonces, regresa a tomar tu café en la sala, escoge el libro que de seguro te trasporte a otro mundo. Al fin y al cabo, los libros son para eso: para soñar, viajar, aprender y mostrar tus emociones.

El viejo abre la puerta que da al patio y escuchas el «rechinido de las bisagras».

El patio no es grande. Los pisos son rojos de loseta antigua, muy limpios, solo algunas flores de buganvilia que han caído y decoran el piso. En ese momento ya no dudas; el ambiente te absorbe y sientes paz y confianza. El patio está rodeado por una tapia alta de adobe. En una esquina pasa de manera tímida y sin hacer mucho ruido una acequia; al borde de ella nace una gran buganvilia morada recargada en la tapia con más flores que hojas.

Alrededor de la barda están acomodadas en hileras varias macetas con gardenias, helechos colgantes, alcatraces y pensamientos. Sobre la otra esquina de la tapia hay un entramado con una verde y frondosa parra de la que cuelgan varios racimos de uvas; esta sirve como sombra. Justo ahí abajo observas una mesa redonda de madera verde olivo y marrón con dos manteles individuales blancos y en el centro una pequeña maceta con diminutas flores de lavanda; hay dos sillas acomodadas una frente a la otra.

Tío Chato toma asiento y te invita a sentarte. Entonces empieza a explicar la magia de ese momento. Te pide que pienses en una persona conocida que murió; esa sería tu invitada especial. Te asombras y tu corazón da un vuelco de emoción. No puedes creer lo que dice el anciano, asientes con la cabeza y ya no te atreves a moverte. Quieres ver qué de mágico tiene este lugar; él te dice en voz baja y armoniosa:

—Confía, cierra los ojos y piensa en tu persona invitada. Cuando ya la tengas en tu mente y corazón, invítala a que venga a conversar contigo. No puedes cambiar de personaje, así que debes tener mucha seguridad y firmeza al decidir. Suspira y te dice en voz baja: «Debes decir su nombre dos veces dos». Acto seguido dirás estas palabras: *Eres polvo de estrellas y hoy mi suerte me trajo aquí para invitarte a estar conmigo en un sueño sin fin.*

Te pide que abras los ojos y te pregunta si ya estás lista. Vuelves a asentir con la cabeza.

Continúa...

—Antes de que la magia empiece, debes saber que solo tienes un breve tiempo para dialogar, luego te explicaré el porqué. No puedes tocar a la persona, tampoco puedes pedirle que haga algo por ti, o pretender que puede cambiar el pasado. Solo tendrás oportunidad de decir lo que te faltó, ofrecer disculpas, agradecer, preguntar lo que quieras o solo contarle lo que has vivido desde su ausencia. Te traeré tu café, cuando escuches tres campanadas de la iglesia del pueblo, esa será la señal de que tu tiempo terminó para estar con la persona que invocaste y quizá, sin darte cuenta, tu invitado se retirará y la magia terminará.

—Otra cosa —dijo tío Chato.

—Jamás podrás pedir otro reencuentro con algún ancestro amado, ni contar lo que aquí sucedió.

—¿Aceptas?

—Sí, sí —respondes muy emocionada.

—¡Bien! —dijo el tío.

—Yo me voy a retirar. Pase lo que pase no puedes levantarte o salir hasta finalizar. Te voy a pedir que cierres los ojos por siete segundos; al abrirlos, junto a ti estará tu taza de café como te gusta y...

En eso escuchas los pasos del viejo alejándose, el discreto golpe del bastón en el piso y el crujir de la puerta al cerrarse... En tu mente y corazón empiezas a decir las palabras: *Eres polvo de estrellas...*

A

El papá abuelo

Yoan está concentrada, con los ojos cerrados muy fuerte, pensando: «Ahora estoy sola en este patio tan agradable. Solo escucho el correr del agua de la acequia y algún canto lejano de pájaros. He contado hasta siete, o eso creo, ya que ocupé el tiempo para las frases mágicas. ¡Si al abrir los ojos no hay nadie!, O si esto es una broma de mal gusto. Mi corazón parece querer salirse del pecho. Ya voy a abrir los ojos, pero tengo miedo. ¿Estará mi invitado especial? Quiero abrir los ojos y verte frente a mí.

No puedo articular palabra, mi garganta se cierra. Estás aquí delante de mí, con esa sonrisa pícara y alegre. Solo atinó a decir:

—¡Hola, papi!, como si ayer te hubiera visto.

—¡Hola, mugrosita!, por qué tardaste tanto en abrir los ojos. Mírate, qué grande estás. No de estatura, sino de edad. Pero hermosa como mamá.

Y ríe.

—Cuando te dejé eras muy joven. Ya casi me alcanzas en edad y eso es bueno. Morir a los 90 años es una bendición.

—Sabes, papá. Das un sorbo a tu café y recuerdas: «Que no se enfríe, que no se acabe, que las campanas no repiquen».

—Te he extrañado mucho. En mil ocasiones me ha hecho falta tu consejo, esa forma de decir justo lo que necesitaba. Sabías cuándo era el momento oportuno. En mil ocasiones te pienso y casi te escucho, tus bromas, tus chascarrillos. ¿Sabías que tenía dos momentos preferidos? La hora de la comida, disfrutar la deliciosa comida de mi madre, tus charlas amenas, la forma en que preparabas tus botanas y otra era cuando me dabas un momento después de tu trabajo, sentado detrás de tu gran escritorio blanco y yo en un banco giratorio. Mientras guardabas cosas yo giraba y giraba hasta marearme. Eran charlas de una adolescente loca y un profesional mayor cómplice y muy paciente.

—Hija, no sabía que disfrutabas tanto esos momentos, pero sí sabía que estabas bien reloca.

Ambos ríen con carcajadas sonoras, como lo hacían antes.

—Papi, hoy estás tan elegante como siempre, con esos ojos verdes de gato entre la leña, como solías decirme. Estas aquí en este lugar mágico. Gracias por venir, jamás lo hubiera pensado. Dime, ¿dónde van los muertos es el paraíso? ¿Puedes hablar con tus padres? ¿Con tu hermanito Juanito, el que murió de niño? ¿Cómo es Dios?

—Mira qué tramposa eres. Eso lo vas a saber una vez que tu alma deje tu cuerpo y tu alma se convierta en polvo de estrellas. Así que tendrás que esperar.

Otra vez, esa sonrisa pícara.

—Bien, bien. Ya sé que no me dirás nada de ese lugar prometido. Me consuela verte alegre como siempre y estoy segura de que es un lugar muy especial. Oye, pa, ¿quieres saber de mí?

—¡Claro! Quiero saber todo, cuéntame…

—Empezaré con lo más hermoso que me ha pasado. Tengo dos nietos, un varón y una niña de 10 y 8 años. A veces les digo los mugrositos, como me decías a mí cuando niña.

—¡Hija! Tus nietos están muy bendecidos. Hay muchas almas y ángeles que los aman y protegen. Yo, cuando se enferman, ahí estoy.

—Gracias, papi. Sabes que son nuestros amores. He sido madre de tres hijos, quise imitarte o ser un poco como tú fuiste conmigo. Pero nada que ver, he cometido muchos errores como mamá, pero creo que también algunos aciertos. Y ahora me toca un poco de atención y apapacho para mis nietos, hago lo mejor que puedo, los amamos mucho.

—La vida ha sido buena, he tenido problemas, pero mamá y tú me enseñaron bien a enfrentar y resolver dificultades. Te hubiera gustado estar presente en varias ocasiones, cuando mis hijos lograron algunos triunfos académicos, pero más me haces falta en las dificultades. A veces pienso que estás sentado detrás de tu escritorio blanco y yo ahí contándote mis tristezas, y eso ayuda mucho, hasta creo escucharte.

—Padre, tengo que apurarme para decirte esto. Das otro sorbo al café y cubres con tus manos la taza, tratando que, con tu calor, no se enfríe, te cercioras que siga tibio y que aún quede café.

—Te fuiste cuando yo era joven, mi vida en ese tiempo solo era para mis amistades, con la algarabía de la juventud. Y ustedes papás, estaban en segundo término, no por falta de cariño, ahora entiendo que parte de la adolescencia es empezar a crecer, forjar el carácter e independizarse.

—Quiero agradecerte a ti por tu amor. Lleva un mensaje amoroso a las personas que ya no están conmigo y que ahora también son polvo de estrellas por haberme dado la vida, por sus sacrificios, sus lágrimas, sus bondades. Ellos saben de mi respeto y cariño», ahora entiendo muchas cosas, entiendo el desapego de mi mamá de crianza, que lo compensaba con cuidados; esa era su forma de querer. Gracias por eso. Quiero que sepas que no hay nada que iguale tu amor, atención y la responsabilidad de ser papá. Excelente, maravilloso, divertido y travieso padre.

—Ay, hija. Cuánto halago, pero sí me lo creo.

—Mugrosita, quizá aprovecho este momento para disculparme de corazón por mí y por otras personas. No supimos manejar bien tu adopción. Llegaste muy pequeña, tenías dos años, lloraste un tiempo, pero no te quedó de otra que acostumbrarte. A los pocos meses ya no te acordabas de tu lugar de origen. A esa edad los niños no son conscientes, así que pronto me empezaste a decir papá. Ese día fue fiesta para mí. Te compré un guante y una pelota de béisbol que, por tal cosa, tu mamá me regañó.

—Como todo niño de esa edad, creciste pensando que éramos tus padres biológicos, cosa que descubriste a los 17 años. Perdón por no haberte dicho la verdad, hija mía.

—Llegaste a mi vida ya al inicio de mi vejez, llenaste de alegría nuestro hogar. Antes era tan silencioso y frío. Contigo era respirar de nuevo y tener fuerza para seguir en mi camino. Tu mami, con ese carácter tan impulsivo, así fue, ella me dijo que no quería quererte. Tenía miedo de que vinieran por ti y te llevaran, pobrecita, no pudo superar el no haber sido mamá de vientre.

Tu mami de vientre es un ángel especial en ese lugar donde estamos. Ella tiene unas alas tan hermosas, brillantes y cubridoras. Dios les da ese premio a las personas que dieron algo a otras personas, que sufrieron, callaron y no se rindieron. ¿Y qué crees? Yo también soy un ángel especial. Nos llaman «ángeles de luz y brillo». Mmmm, ¿cómo te quedó el ojo?

Reímos juntos con su chascarrillo.

—Gracias, pa, por contarme eso. Fue un golpe fuerte el enterarme de la verdad, prueba superada. Ese fue uno de los motivos por lo que estudié psicología. Fíjate que he tenido tiempo de recuperar quereres, mi montón de hermanos, todos tan leales y guapos. Pa, fui afortunada. Dos papás y dos mamás, qué mejor bendición, ¿no crees? ¿Cómo te quedó el ojo?

Reímos y me guiñó el ojo.

—Me ganaste, mugrosita.

—Papi, cuando no puedo conciliar el sueño, echo mi mente a volar y me gusta verme de niña esperando tu llegada, escuchando tus cuentos, bromeando conmigo y rezando juntos. Compartiendo la Navidad con ese aroma a pino y pan. Quiero pedirte perdón por no haberme esforzado en mis notas escolares. Mi excusa, jugar y sobre todo jugar sófbol porque tú fuiste jugador de béisbol y corredor y yo solo quería ser como tú, pero se me olvidaba hacer las tareas. Te quiero decir que un día decidí: «Va por mi apá», conseguiré mi título y ya está, me gusta lo que hago, y me responsabilizo de mis errores que a veces con dificultad resuelvo.

—Padre, te prometo que nunca les culparé de mis fracasos o de mis errores, porque yo sé que se esforzaron y que hicieron lo mejor que pudieron. Solo quiero decirte que te amo, te quiero y te extraño.

La voz de Yoan salía de manera atropellada y pudo ver unos ojos verdes brillosos y una sonrisa en el rostro de su padre.

—Agradezco a la vida el privilegio de verte otra vez, sé que te veré ahí en ese lugar prometido. Quiero mis alas como las que me has platicado. Te seguiré extrañando…

Justo cuando terminó de decir la última frase, escuchó tres campanadas, el invitado especial se esfumó. En la taza un poco de café frío y en la mesa una paleta charms…[1]

Yoan suspiró y pensó: «Qué afortunada fui al haberte tenido en mi vida, aunque duele el adiós.

Ella esbozó una sonrisa y unas lágrimas rodaron por sus mejillas, tomó en sus manos la paleta de dulce, miró al cielo y dijo: «Gracias, gracias, gracias». Salió de ese lugar mágico sin que nadie se percatara.

---

1. Mi papá fue pediatra y en un cajón de su escritorio blanco y su maletín siempre tenía paletas «charms» porque decía que casi siempre los niños se curan con un dulce y con un beso de mamá.

Laru

Nunca se van del alma, los que
hicieron magia en nuestra vida.

Anónimo

Laru, miraba por la ventana del hotel y pensaba: «Estoy de paso en este bello pueblo. Últimamente, hemos viajado mucho. Llegar aquí fue curioso; de pronto, nos dimos cuenta de que habíamos equivocado el rumbo y la carretera nos trajo a este lugar. Aquí, el tiempo parece no haber pasado. Decidimos quedarnos unos dos días y descansar. Es un lugar bonito, muy tranquilo y el hotelito es colonial y limpio».

Voltea hacia la cama y ve que su marido aún duerme. Escribe una nota rápida para él, avisándole que saldrá a caminar, ya que la mañana fresca le atrae. Además, a esa hora no se ve mucha gente en las calles.

Ella está acostumbrada a caminar, se calza su tenis y su ropa cómoda. Estaba bajando las escaleras cuando escucha las melodiosas campanas de la Iglesia. De repente, siente frío y regresa a la habitación por un chal, procurando no hacer ruido. Luego, vuelve a bajar, murmurando a media voz:

—Sí que está fría la mañana.

El joven del vestíbulo la escucha y le contesta:

—No se preocupe, ya se asoma el sol. Hoy será un buen día.

Laru le sonríe y se despide con la mano.

Se pone el chal cubriendo la cabeza y echando a un lado del hombro la mitad de su pashmina. Atraviesa el parque arbolado y piensa: «Estos árboles deben tener más de 150 años».

En el centro de este, hay un quiosco antiguo, como todo lo que le rodea. La herrería pintada de blanco; apetece subir y admirar el piso con relieves de flores azul turquesa y hojas verde olivo. Desde ahí, admira la Iglesia. Se detiene a leer algunos letreros con marcos de herrería garigoleados. Le llama la atención el de la iglesia, que dice:

Fue construida en 1770 por los misioneros franciscanos y está dedicada a San Felipe. De su arquitectura, destaca su planta en forma de cruz latina y su fachada recubierta de cantera de estilo barroco depurado.

Piensa que por la tarde invitará a su esposo a conocer la Iglesia. En eso, escucha las últimas campanadas que anuncian la misa de 7 de la mañana. Dos o tres personas mayores apresuran el paso para llegar a tiempo a la misa. Baja del quiosco y sigue caminando, observando las casas, tan antiguas y bien cuidadas. Le da la impresión de que el pueblo huele a ayer, a tierra mojada y azahares. Respira profunda para no olvidar ese momento.

Su mente inquieta, piensa: «¿Quién vivirá ahí? ¿Qué historias de vida tendrán? Siento como un *déjà vu*, como si ya hubiera estado aquí».

Llevaba caminando unas cuantas cuadras y, de pronto, ya casi para terminar las calles del pueblo, justo en la esquina, se encuentra frente a una casa también antigua adaptada como una cafetería.

«Vaya, lo que me estaba faltando, una deliciosa taza de café»…

Antes de entrar, se queda observando el diseño de la casa-cafetería y a su mente vienen recuerdos de la casa donde vivió de niña, muy al sur del país. Había mucha similitud en la casa y como era su costumbre, dejaba volar su mente. Se vio corriendo y riendo de niña, tratando de escapar de su hermana mayor. En su cara se dibujó una sonrisa, se despabiló y decidió entrar.

De inmediato al ingresar, no pudo contener el respirar profundo por ese delicioso aroma a café. Echó una mirada al lugar y le fascinó. Todo era antiguo, limpio, era como un viaje al pasado. En eso, una señora que no tiene edad, hermosa pero no joven, pero no vieja, con un delantal blanco y pulcro le pregunta:

—¿Quiere café para llevar o para tomar aquí?

Laru le sonríe y, sin contestar, le dice:

—Qué lugar tan acogedor y qué muebles tan antiguos y bien cuidados.

La señora asiente con la cabeza y sonríe, y le vuelve a preguntar si quiere café para llevar o para tomar aquí.

Laru le dice que tomará el café en el sofá junto a los libros y piensa: «Así buscaré si hay algún libro que hable sobre este hermoso pueblo».

—¿Me puede dar un pastelillo de chocolate, por favor?

En las mesas de la cafetería, solo estaba ocupada una, con una pareja de edad madura. Están tan enfrascados en su charla, casi murmullos, y tomando café, que no voltearon a ver a la persona que entró. Un señor sentado en el sofá grande, absorto leyendo el periódico y su café humeante en la mesita de centro y al lado, unas galletas.

Laru se sienta en el sofá individual a esperar que le sirvan su pastelillo y café.

—¡Buenos días! Saluda de forma alegre el tío Chato.

—¿Está de paseo en nuestro pueblo?

Laru voltea hacia arriba para ver a la persona que le saluda…

—Hola, señor, buenos días. Sí, mi esposo y yo llegamos ayer por la noche. ¿Usted es el dueño de esta bella cafetería?

—Se puede decir que sí y que no. Ríe de buena gana mostrando su dentadura aún perfecta.

A Laru le causa gracia la gracia del señor y lo invita a sentarse, a lo que el tío Chato le dice:

—¿Qué le parece que yo la invite a tomar su café en el patio de la casa? Es un lugar muy tranquilo y además es mágico.

—¿En serio, mágico? Pero, señor…

El anciano la interrumpe.

—Me llamo Juan José, pero el pueblo me conoce como tío Chato. Disculpe, ¿si me decía?…

—Ah, sí, don Chato, yo soy Laru, pero usted me está proponiendo irnos solitos al patio de atrás.

Ahora, Laru ríe de forma picaresca.

—Mire que no vengo sola, dejé a mi esposo durmiendo en el hotel.

Ambos ríen de forma amigable…

—¡En otro tiempo! En otro tiempo, la cortejaría, es usted muy guapa, con el debido respeto a usted y a su durmiente esposo

Laru le da las gracias por el piropo y le dice:

—Claro que me gustaría conocer el patio, tomar mi café y me encantaría invitarlo para que me cuente la historia de este pueblo encantador.

El tío le ofrece el brazo y la guía por el estrecho pasillo para llegar al patio. Laru le pregunta sobre las pinturas, la foto, quiénes son y admira el simpático bastón que porta con cabeza de perro.

—Era Cóndor, mi fiel perro pastor —contesta el anciano y le

cuenta un poco de historia de la familia del cuadro.

—Era mi esposa e hijos hace muchos años, un día que celebramos a todos los santos o día de muertos, solíamos reunirnos en familia y honrar a nuestros difuntos. Mi hija es esa hermosa mujer que atiende el café y hace repostería, mi mujer murió hace tiempo y mis otros hijos viven en otra ciudad.

Laru le pregunta:

—¿Me gustaría saber cómo celebran el Día de los Muertos?

Contesta el tío:

—En otro momento será.

Ya en el patio, Laru sigue admirando el jardín, las flores, la buganvilia, y sorprendida pregunta:

—Pero, tío Chato, solo han colocado una mesa con dos sillas, le están perdiendo al negocio, aquí caben otras tres mesas más.

Se asoma y admira la acequia que pasa por una esquina del patio, con agua tan cristalina y su cauce tan discreto, todo es hermoso ahí.

El tío la invita a sentarse y le explica el motivo por el cual se llama el patio mágico con la mesa del pasado.

Laru escucha atenta e incrédula, empezando a desear que pronto le traigan su café.

—¿Quieres ver qué de mágico tiene este lugar? —dice el tío.

Le explica como a todos los que se atreven a entrar al patio y sentarse a la mesa del pasado e invitar a un personaje especial que ya no está. Laru cada vez abre más los ojos y está ansiosa por decir que sí. Su mente es tan rápida que ya tiene en su corazón a la persona con la que quiere hablar. No le agradó mucho que le limiten el tiempo y estar pendiente de las tres campanadas de la iglesia, ya que a ella le gusta disfrutar su café sin prisa, y sobre todo con alguien especial.

En eso, el viejo le dice en voz baja y armoniosa:

—Cierra los ojos y piensa en tu persona invitada. Cuando ya lo tengas en tu mente y corazón, le vas a invitar a que venga a conversar contigo. No puedes cambiar de persona, así que debes tener mucha seguridad y firmeza al decidir.

Continúa:

—En voz baja debes decir su nombre dos veces. Enseguida dirás estas palabras: *Eres polvo de estrellas y hoy mi suerte me trajo aquí para invitarte a estar conmigo en un sueño sinfín.*

El anciano te pide que abras los ojos y te pregunta si ya estás lista.

Vuelves a asentir con la cabeza.

Continúa…

—Antes de que la magia empiece, debes saber, no puedes tocar a la persona, tampoco puedes pedirle que haga algo por ti, o pretender que puedes cambiar el pasado, solo tendrás oportunidad de decir lo que te faltó, ofrecer disculpas, agradecer, o solo contarle lo que has vivido desde que no está. Recuerda que tienes el tiempo medido, nadie sabe cuánto es ni en qué momento sonarán las campanas. Otra cosa: nunca jamás podrás volver a ocupar de nuevo este lugar, ni puedes revelar lo que pasó.

De pronto, ella se queda sola con los ojos cerrados y, algo asustada, los abre: su corazón y mente pareciera que iban a estallar.

B

Una mami poeta

Su mente trabaja a mil por hora.

¿Es verdad?, mis ojos no me engañan, me pellizco para saber si no estoy soñado.

Frente a ella está sentada una señora muy elegante, con el

cabello corto y cano, lo cual le hace ver su tez muy blanca, brillante, a pesar de sus años es hermosa. Le saluda:

—Hija, mi Cotys, qué bueno es volver a verte, mírate, mi hija la más bonita, pero no le digas a tus hermanos. Sonríe.

—Bueno, una mamá cuervo siempre ve a sus hijos los más guapos y musculosos y a las hijas como princesas de cuento. ¿Recuerdas mis cuentos, mis poemas?...

Se hace un silencio... Laru no podía decir palabra, se le hacía un nudo en la garganta, pero al fin se limpió las lágrimas, aclaró su garganta y dijo...

—Hola, mami, te sigo extrañando. Qué coincidencias de vida, un día como hoy sería tu cumpleaños. Quisiera abrazarte, pero si lo hago pierdo estos minutos que valen oro y que tengo para mí.

—Hija, estoy aquí porque el universo les da la oportunidad de conversar otra vez con alguien a quien amaron y que los amó y que ahora formamos ese polvo de estrellas. Soy un ángel especial, somos privilegiados también en ese lugar, pero ahí no hay envidias ni desamores, ese secreto que conocerás algún día y del que no puedo revelar, pero es un lugar hermoso, así que, hace un rato me llamaron y aquí me tienes, contigo.

Laru respiró profundo y se secó las lágrimas, por fin pudo articular palabra.

—Quiero decirte lo que siempre he pensado y nunca te dije:

—Siempre he estado muy orgullosa de la mamita que Dios me dio, de tu inteligencia y cultura general que, sin haber tenido la oportunidad de estudiar grados superiores, muchas veces nos demostraste más conocimiento que tus hijos universitarios. Me encantaba siempre que nos ganabas en el juego de maratón.

—Vaya, hija, yo ya sabía que pensabas eso de mí. Tú no te has dado cuenta de que tus ojos te delatan, siempre podía leerlos. Esbozó una sonrisa pícara.

—¿En serio, mami? Seguiré alabando tu paso por mi vida. Ese tu amor por la poesía, siempre me asombró tu capacidad para escribir esos poemas tan hermosos desde pequeña cuando aún no conocías el amor y el desamor, mismos poemas que he presumido con muchas personas que he conocido a lo largo de mi vida.

Laru baja la vista, toma la taza de café en sus manos y con agrado puede percatarse de que todavía está tibia y le queda medio café. Piensa: «Ay, Diosito, que este momento sea eterno por favor».

—Hija, dicen que «de músico, poeta y loco todos tenemos un poco». En mi mente de niña siempre había poema, fui muy observadora de la naturaleza y me gustaba la vida, aunque a veces fue difícil, eso también te hace ser más sensible. Así es para todas las personas, siempre debemos buscar una solución y aprender a vivir nuestras crisis, las penas no son eternas. Vaya, ya te estoy dando consejos, pero hija, ¿qué te puedo enseñar si tú has sido una luchadora incansable? También te admiro, volvamos a los dichos: «De tal palo tal astilla». Vuelve a sonreír con esa sonrisa pícara.

Laru continúa:

—Recuerdo tu amor por la música, tanto así, que a tus 70 años empezaste tus clases de órgano. Siempre voy a agradecerle a mi papi el que haya cumplido tu deseo de niña de 5 años al pedir a los Santos Reyes «un pianito que tose».

Madre e hija ríen e intercambian miradas de amor.

Laru se da cuenta de que queda poco tiempo para despedirse, su café está por terminarse y con voz baja y apagada por la emoción, le dice:

—Perdóname, mamita chula, quiero aprovechar estos

momentos para decirlo, por no habértelo dicho en vida, esto es algo que llevo conmigo desde que partiste.

Lágrimas ruedan por sus mejillas.

Mami le da una servilleta para que se limpie sus lágrimas, y le dice:

—Nada que perdonar, tu cariño borró tus errores.

Se hace un silencio por unos segundos.

—Mami, te voy a contar de mis hijas, tan bellas y responsables, Andy y su esposo dedicado a sus trabajos y al hogar, sus hijas muy inteligentes, ahora sé que lo heredaron de ti. Alexa no para, se está preparando para un doctorado, y ¿sabes? Como a ti, le gusta la poesía. Somos felices, mami. Dios ha sido muy bueno con nosotras, somos personas de bien porque venimos de un tronco familiar increíble, no me pudo tocar mejor familia que esta.

—Ojalá hubieras tenido tiempo de conocer más a Fredy, sin duda lo hubieras querido mucho y por supuesto, él también hubiera apreciado la bella persona que eres. Yo le hablo mucho de ti y de papá.

—Sí, hija, sé que Fredy es una excelente persona, sé que te cuida y que juntos están envejeciendo y disfrutando de la vida. Una madre siempre estará tranquila cuando alguien endulza la vida de sus hijos.

—Sabes, mami, un día Fredy y yo fuimos a Tamiahua, y el tema de conversación fuiste tú, mamá. Disfrutamos lo que a ti tanto te gustaba comer, brindamos por ti. Fredy levantó un vaso con agua de coco y expresó: «Por ti, mi querida suegra Feli, hasta el cielo, te amamos».

Doña Feli asintió con la cabeza y sonrió muy contenta.

—Hija, sé que es un buen hombre, se cruzaron en el camino, era su destino, así está escrito.

—Mami, mami —dijo Laru mirando los ojos de su madre.

—Por siempre seguiré sintiendo tus suaves manos en mi

cabeza, cuando me siento mal ahí estás presente a mi lado, siempre le cuento a mis hijas y nietas que tus manos eran mágicas.

Doña Feli se levanta y acerca más la silla a la mesa con esa tranquilidad que la caracterizaba, levanta sus manos como si tocara la cabeza de su hija, la cual cierra sus ojos para sentir su energía.

Laru, muy emocionada, le dice las últimas palabras, ya que se percata de que le quedaba el último trago a su café...

—Te amo, mamita chula, gracias por la maravillosa vida que me diste junto a mi papá, ese cariño y cuidados que hacen que mis hermanos digan que fui la consentida y sí, sé que lo fui. Ojalá tuviera el don de la palabra que tenías tú, sin embargo, en esta charla te entrego mi corazón, lo pongo en tus amorosas manos, mejor lugar no puede haber. Sigue cuidándonos y guiándonos como hasta hoy, mamita querida, te abrazo con el corazón. Tu hija la más chiquita, la más bonita ¿te acuerdas de este chiqueo? Soy tu Cotys. Imperceptible y sin querer escuchó tres campanadas.

Y mami se fue.

Laru retira la silla, la acomoda de la misma manera que su madre, se encamina a la salida, sus lágrimas siguen fluyendo, pero con una paz interior que nunca había sentido. En el zaguán de salida voltea hacia el patio y alcanza a ver a don Chato recogiendo la taza vacía de café, ella suspira y frente a la cafetería un caballero amoroso espera...

Era ya mediodía, el sol estaba muy alto sobre la Sierra imponente que rodea al Pueblo Mágico, había llovido un poco así que se mezclaban los olores de tierra mojada, brisa fresca de la montaña y azahares.

Mi luz
(1946)

En la neblina gris de mi existencia
brillaste como un rayo de ternura
y así llegaste a ser en mi consciencia
lo que borró de mí toda amargura.

Llegaste como el soplo de la brisa
a acariciar mi vida atormentada
¡Todo se me olvidó con tu sonrisa,
la vida me sonrió con tu mirada!

Tu amor fue como un bálsamo divino
y suavizó el dolor de mis heridas
Vi brillar una luz en mi camino
y sé que alumbrará toda mi vida.

No me importa seguir mi vida triste
en su senda de espinas y abrojos
si aún recuerdo el día que te fuiste
¡Cómo me vieron con amor tus ojos!

Felisa Morales Muñoz (19 años)

Mar

*Hay almas a las que uno tiene ganas de asomarse
como una ventana llena de sol.*

Federico García Lorca

Mar estaba leyendo, recostada en una hamaca, cuando de pronto le vino a la mente el recuerdo de su abuela. Este día, 4 de noviembre, cumplía varios años de su muerte. La muerte de la abuela había sido tranquila y deseada. Si ella hubiera sabido cómo sería, le habría gustado. Justo cuando Beny, el abuelo, había venido por sus ofrendas y emprendía de nuevo la retirada, le dio la mano y se la llevó.

Dos días antes del cuatro, el pueblo mágico se había vestido de fiesta para celebrar el Día de Todos los Santos. En las casas se colocaron altares decorados con papel picado de muchos colores, arcos con flores moradas y amarillas de cempasúchil, palmillas verdes, frutas y veladoras, así como las fotos de los difuntos.

Días antes, las mujeres de las casas preparan pan, chocolate, tamales y dulces para colocar todas esas viandas en los altares. Se trata de una celebración en la que las personas vivas festejan y «conviven» con sus familiares muertos. Comúnmente, estos días son el 31 de octubre 1 y 2 de noviembre, enmarcados con la gastronomía propia de cada región, así como música, danza, veladoras y aspectos de índole religioso.

Mar dirige la mirada hacia el altar que aún su madre ha dejado puesto y contempla la foto de su querida abuela. Piensa que las almas que vienen en estas fechas se dan cuenta de que estamos conviviendo, de que estamos bien y de que las estamos festejando.

La casa familiar se llenó de visitas. Sus hermanos mayores, ya casados, con sus bulliciosos sobrinos, llenaron el hogar. Todo fue maravilloso y en armonía. Se habló de la familia que ya no estaba, algunas lágrimas y canciones entonadas por el papá, de esas que le encantaban a la abuela y a otros familiares.

Con gran cariño, se invocó de manera especial a mamá Chenchita, ya que ella fue un pilar muy importante para la familia. Recordaron que era buena para curar el empacho y el mal de ojo, hacía tés para todo mal. De vez en cuando, al llegar a visitarla, agarraba varias hierbas aromáticas, entre ellas albahaca, y agua bendita. Después de hacer sus oraciones a la «virgencita», uno por uno entre hijos adultos y nietos, empezaba a barrer y a sacarles el mal. Después, ella se ponía un poco mal, algo mareada y pálida (deshidratada), se echaba su copita de mezcal y listo.

Mar se levantó de la hamaca y se dirigió a su habitación para revisar su maleta, casi terminada de arreglar, ya que partiría al día siguiente a la ciudad donde estaba cursando su carrera universitaria. La casa estaba vacía, la familia ya se había ido y sus padres se encontraban cada quien en sus quehaceres.

Se calzó sus tenis y decidió recorrer el pueblo en bicicleta, aprovechando el clima fresco que era perfecto.

Mientras pedaleaba Mar pensaba: «Creo que iré a despedirme de mi tío Chato, me dijo que me tiene una sorpresa. Él siempre ha sido un misterio, pero muy cariñoso y bondadoso con toda la familia. Además, me gusta mucho cómo platica. Me encanta ir a su cafetería, siempre tan limpia y con ese delicioso café». En el trayecto se encontró con conocidos o con una que otra amiga. Cada quien a sus cosas y de lejos se saludaban.

Llegó al café, acomodó su bicicleta cerca de una de los ventanales y entró con la confianza de siempre. Para ella, ese lugar era bello y guardaba tantos recuerdos de niña, cuando era la casa familiar del tío. Recordaba a la tía Malena, tan dulce y alegre, que siempre invitaba a comer. Nadie podía salir de ahí sin la barriga llena. Saludó con un beso en la mejilla a su prima, esa señora que no tiene edad, hermosa pero no joven, pero no vieja, con su delantal blanco y pulcro.

—¡Niña!, exclamó la prima, ¿qué haces a esta hora? ¡Ya casi va a anochecer!

—¡Ay, prima! Traigo mi bicicleta y tiene luz, así que no hay problema al regreso. Vengo a despedirme de ustedes, mañana salgo temprano para Xalapa. Por cierto, ¿dónde está mi tío?

—Está en el patio, mija, en el patio.

Mar se acerca al altar que la prima había hecho. Con la mano, le avienta un beso a la foto de la tía, pellizca un pedacito de pan de la ofrenda, se lo echa a la boca y se va a buscar al tío.

—¡Tío Chato! —le grita Mar desde la puerta que da al patio.

—¡Muchacha, qué susto me has pegado!

Y ríen los dos con ganas.

—Oye, tío, vengo por mi sorpresa. No sé qué tiene este rincón de tu casa, bueno, de esta tu cafetería, que siempre me ha parecido un lugar encantado. Recuerdo que mi tía me decía que buscara hadas y duendecillos, que se escondían entre las flores y el musgo pegado a la acequia.

Bajando la voz, Mar le dice:

—Te digo un secreto, encontré varias hadas y un duende, por cierto, muy travieso, se robaba mis dulces. Vuelven a reír.

El tío le dice que también le va a revelar un secreto, pero lo que va escuchar no puede ser revelado. Hoy es el día en que le ofrecerá un regalo especial. Mar, muy seria, le interroga sobre ese secreto, a lo que el tío comienza a narrar de qué se trata. La invita a sentarse y ocupar la mesa del pasado. En el centro de la mesa hay un quinqué, el cual enciende, así como dos farolas, una cerca de la acequia y otra en la esquina de la parra.

—Mija, hoy hace ya varios años mi hermana Chencha murió. Ayer que fui a visitarlos, te vi muy inquieta y preguntona sobre su vida, sus costumbres y ese carisma que tenía para que la gente la buscara y la apreciara. Así que hoy puedes platicar con ella, ¿te gustaría?

—¡Tío! —exclamó Mar, entre asustada e incrédula y pensando: «¡Este tío mío ya está chizqueado[2], ya lo perdimos!»—. Escucha con atención, este lugar en donde estás sentada es mágico. Si cierras tus ojos por un instante y repites las palabras que te voy a decir, ella estará aquí contigo para charlar.

Mar cierra un ojo y el otro lo deja abierto, y sonríe con esa sonrisa hermosa y los hoyuelos en las mejillas.

—¡Mar, esto es serio! —dijo el tío—. ¡Y muy importante!

Aún sin creer todo lo que acaba de escuchar, Mar abre bien los ojos, haciendo un gesto de sorpresa. El tío le da un manotazo de cariño y le pide que lo tome en serio.

—Sí, tío, quiero volver a ver a mi abuelita.

Al ver la seriedad de su tío, presiente que es verdad lo que dice. De pronto, el corazón de Mar se acelera y toma las manos de su tío y le pregunta:

—¿Tío, estarás aquí conmigo, bueno, con nosotras?

---

2 Mal de la cabeza en modo de broma.

—No, yo solo te encamino hacia ese momento espiritual y mágico, así que, dime, ¿estás segura?

Mar asiente con el dedo índice y dice:

—Sí, estoy lista.

Se acomoda bien en la silla. Tío Chato la pone al tanto de las reglas a seguir, y le dice:

—Te voy a traer tu café, en el transcurso de tu charla con la abuela el café se puede enfriar o terminarlo, es importante que estés al tanto, suceda una u otra cosa la señal de que la magia terminó será al escuchar tres campanadas de la Iglesia ese será la manera de medir el tiempo para estar con tu abuela, tu invitada especial se irá. Otra cosa, sobrina, no puedes tocar ni abrazar a tu abuela.

El tío Chato se acerca, después de servir el café, y le dice en voz baja y armoniosa:

—Cierra los ojos y piensa en tu persona invitada. Cuando ya la tengas en tu pensamiento y corazón, le vas a invitar a que venga a conversar contigo. Continúa…

—En voz baja debes decir su nombre dos veces dos, enseguida dirás estas palabras: *Eres polvo de estrellas y hoy mi suerte me trajo aquí para invitarte a estar conmigo en un sueño sinfín.*

C

Una abuela auténtica

Mar tenía los ojos cerrados, y después de decir las frases solicitadas, pensaba para sí misma: «Respira hondo y poco a poco exhala por la boca e intenta abrir los ojos»

Su mente estaba como en shock, su corazón acelerado y surgían muchas dudas y un sinfín de preguntas.

Seguro mi tío está aquí con sus bromas. «¿Podré hablar, preguntar? ¡Ay Dios! Mi abuela Chencha, mamá Chenchita, como mi mami le decía».

Por un instante le llegó un sutil aroma a albahaca, menta y copal.

En eso, Mar escucha una voz armoniosa y ronca:

—Mi nieta, la más pequeña de mis nietos, aquí estoy, abre ya tus ojos.

—¿Eres tú, abuela Chenchita? ¡No lo puedo creer! Es verdad, aquí estás. Ay, abuelita, te fuiste muy pronto para mí, apenas tenía 11 años y no tuve el tiempo para preguntar tantas cosas mágicas que veía cuando me quedaba en tu casa.

—Estás justo como te recuerdo, así de bella, así de mujerona.

Mamá Chenchita la miraba con esos ojos negros penetrantes y una dulce sonrisa.

—Hoy estas aquí, en mi vida por un instante y quiero empezar preguntándote: ¿Cómo fue tu juventud?¿Qué cosas te decía mi bisabuela, tu mamá, sobre la vida? ¿Por qué te juntaste con mi abuelo Benito? ¿Qué sentías, qué pasaba en tu mente y en tu corazón? ¿Fuiste feliz en esa etapa de tu vida?

Quiero pensar que sí, pues formaste una gran familia.

—¿Qué sentiste cuando él se fue? ¿Por qué decidiste ser una mujer viuda hasta el final de tu vida?

—Mi mamá me decía que seguramente se habían querido mucho y que ella veía que lo admirabas y lo extrañabas siempre.

—Tengo una imagen de ti como una mujer fuerte, entregada, comprometida y auténtica; que lloraba si así lo quería, sin importar quién estuviera presente, y reía a carcajadas si también era tu antojo. Tu pancita se movía al ritmo de esa risa.

—¿Qué te hizo ser esa mujer?

—¿Cómo aprendiste ese arte de las hierbas que curan el alma?

Porque tú lo sabías, ¿cómo aprendiste a leer el oráculo de los sueños? ¿Qué te decían? Vi ese libro, pero nunca lo entendí.

—Qué ganas tengo de tenerte hoy en vida, para que me expliques, pues ahora, en mis jóvenes años de adultez, busco respuestas, leyendo, indagando sobre esos temas de la vida, que sé que, si te tuviera, tú me darías la respuesta.

Mamá Chenchita esbozaba sonrisas y aunque quería responder a tantas preguntas, su nieta no paraba de preguntar, pensaba «mi pequeña nieta ni respira».

Mar continuaba…

—Hoy te admiro porque lo que vi en ti, eso que vi, fue a una mujer auténtica e independiente, que, si quería ir a la playa, se iba. ¿Ibas para curar el alma? ¿Qué agradecías o pedías cuando encendías el copal y nos barrías con albahaca? ¿En qué pensabas cuando encendías tu grabadora y sintonizabas esa estación de radio? ¿Cuánto sufriste abuela? ¿Cuán feliz fuiste?

—Me siento tan afortunada de ser la nieta de mamá Chenchita, una mujer que, a pesar de su historia de vida, desde las andanzas de niña por la Revolución, fue independiente, por decisión propia o por sus circunstancias, pero siempre te vi entera. Siempre te estaré agradecida por el linaje que me heredaste.

—Mamá Chenchita, la vida hoy es muy diferente a lo que tú viviste. Este mundo está de locos, no lo creerías, pero gracias a eso, que tal vez sin querer me enseñaste, hoy no pierdo mi centro. Me ubico gracias a ti, heredaste mi raíz y no la olvido. Mis pies están en tierra, tierra fértil, bondadosa, soy leal porque eso aprendí de mis padres y la herencia de mis ancestros. Soy afortunada de tener tu sangre corriendo en mis venas.

De pronto, Mar quedó callada, por fin respiró profundo, mirando y admirando a su abuela que la escuchaba con mucha atención. Quería aprovechar el tiempo, antes de que se enfriara el café o escuchar campanadas.

—Querida nieta, ¡respira! —la abuela rio—. Te miro y veo a una mujer con cara de niña, con esa linda sonrisa de hoyuelos. Son muchas preguntas y sé que, de cada una, encontrarás respuesta en tu andar, y en alguien muy especial para ti y para mí. Tú sabes quién es, esa persona muy cerca de ti heredó el don de sanación, quizá de otra manera, pero es un legado que ha desarrollado honradamente.

—Sí, abuelita, sé quién es esa persona.

—Mi nieta, al verte creo ver a mi hijito, he de contar que mi vida, como la de casi todos, fue una cascada de eventos, algunos buenos, otros muy difíciles. Cuando era niña, recuerdo que íbamos huyendo por el monte, mis hermanas, un hermano y yo, ya que era época de la revolución, y los soldados se llevaban a los chamacos para pelear y a las niñas se las robaban. Así que mis papás nos vestían como niños, pero la libramos, y llegamos a un pueblito donde empezamos a construir nuestra vida.

»Mis padres nos enseñaron el trabajo honrado y eso es lo que hicimos, jamás le debimos a nadie nada, ni traicionamos, nos acostumbraron a llamar a las cosas por su nombre, sin rodeos y adornos. Yo sé que tuve un don y lo apliqué de buena manera con toda mi familia, nunca deseé mal a nadie y quizá no fui de abrazar y besar a mis hijos, tampoco consejos de vida, pero los enseñé con el ejemplo y el trabajo, a ser hombres y mujeres de bien.

»Tuve muchas pérdidas que me partieron el corazón, viví muchos duelos, ahora ese corazón está entero. A ti te voy a dar un consejo, no midas a las personas por sus palabras, sino por sus hechos, por sus acciones, ellas dicen más que mil palabras. Me honras con lo que me dices y las respuestas a tus preguntas también las llevas en la sangre, en tu mente y corazón, búscalas, ahí están.

»Desde este rincón te abrazo y te beso, lleva mi amor a mi linaje presente y no olvides agradecer a nuestros antepasados que, como yo ahora, somos polvo de estrellas. Quiero decirte que de tu mami aprendí, aunque ya muy vieja, a abrazar y besar, ella fue muy cariñosa conmigo. Nunca será tarde para aprender.

Mar, sin darse cuenta, sintió su taza fría y sin café, la silla vacía, y en el ambiente un aroma a menta, yerbabuena y albahaca, no se percató si sonaron o no, las campanas de la iglesia. Suspiró con el corazón feliz y salió a buscar al tío Chato, ya no lo encontró...[3]

3. Escucha la canción María la curandera con Natalia Lafourcade. La sentimos como homenaje a las abuelas curanderas.

Pau

Cada familia es especial en su forma imperfecta
de ser amar y vivir.

Anónimo

Los días pasaban en el Pueblo Mágico. Sin previo aviso, el invierno llegó un día, el frío calaba hasta los huesos y no se veía a ninguna alma en la calle. Aunque era la una de la tarde, nadie se atrevía a salir. En el parque del pueblito, se adornaba con numerosas luces de colores y un gran nacimiento, en vísperas de Navidad.

En una casa antigua, de esas de las que ya hemos conversado, se veía mucho movimiento. Estaban a punto de terminar de dar los últimos toques de pintura a la reja. La casa lucía muy bien arreglada, conservando los detalles coloniales y haciendo contraste con las comodidades de la modernidad. Recientemente, una familia se había mudado allí; el papá era médico y había obtenido una plaza para trabajar en el hospital del pueblo. La mamá también era médico, pero había decidido por un tiempo dedicarse a su hogar, mientras sus dos hijos se adaptaban al cambio. Además, ella también tenía que organizar lo del colegio de los niños, las clases por la tarde de piano, karate e inglés. En fin había mucho que hacer.

Hacía poco tiempo que el abuelo, padre de la doctora, había fallecido. Todos le decían «El güero», pues era muy blanco y tenía los ojos azules. Había quedado viudo hacía muchos años y Paulina, la doctora, le había invitado a vivir con ellos. Así fue como él pasaba varios meses con ellos y otros en su casa en la Ciudad de México o con otro familiar. Era un hombre muy independiente y muy servicial. Los nietos lo querían mucho y lo extrañaban aún más.

Fue así como pasaron las semanas, en donde la familia fue adaptándose a su nueva vida: el doctor en el hospital, Paulina en el hogar y los hijos en sus respectivos colegios y actividades.

Al llegar la Navidad, la cotidianidad ya reinaba en el hogar de Paulina. Los hijos se adaptaron muy bien al ambiente del pueblo. El doctor, por su parte estaba muy ocupado en el hospital. Además, habían platicado sobre la posibilidad de abrir un consultorio donde, posiblemente, Paulina empezaría a atender consultas. Todo marchaba muy bien.

Paulina estaba poniendo el árbol de Navidad y al colgar algunos adornos, de pronto recordó a su papá. Él siempre la ayudaba con esa tarea, juntos bromeaban y terminaban disfrutando de una deliciosa taza de ponche.

Había un ángel que la había acompañado desde niña. Su papá lo había comprado en el mercado de La Lagunilla en México para que ella lo colocara en la punta del pino. Después, la tradición dictaba que la hija mayor de la familia lo ponía, siempre con el apoyo del abuelo. Paulina se sentó acariciando al angelito, lo acomodó de nuevo en su caja y decidió esperar a que los niños regresaran del colegio para terminar de arreglar el árbol y el nacimiento.

Paulina con lágrimas en los ojos, decidió salir a comprar algún mandado que quedó pendiente para la comida, con la intención de distraerse. Se puso su abrigo, tomó la canasta, su bolsa y decidió ir caminado al mercado. Pensó: «Al fin está muy cerca». En el camino recordó que alguien le había hablado del café del pueblo, que era muy especial y mágico. No había tenido la oportunidad de ir, así que desvió su camino hacia el café del famoso don Chato. Iba muy pensativa, cargada de emociones de tristeza y agradecimiento...

D
Te quiero, papi. Escúchalo antes de que se enfríe mi café. Escúchalo antes de que ya no estés

Los rumores eran ciertos. Caminando por las calles y callejones del pueblo, descubro por fin el café. No era un local grande, era antiguo, pero te invitaba a pasar. Se veía un letrero que lo identificaba como «café especial», con letra manuscrita. Un zaguán grande y pesado, de madera despintada verde olivo y marrón. En la banqueta, junto a la ventana con flores, vi una pequeña mesa redonda con dos sillas. En una de ellas, una señorita absorta en la lectura de un libro y disfrutando de una taza de café, al lado un trozo de pastel de chocolate.

Al atravesar la puerta, sonó la campanilla que anunciaba mi llegada. Cerca de mí se encontraba la dependienta, una señora bonita con un mandil muy blanco. Se acercó a mí y me dio la bienvenida. Pregunté por el servicio de «café especial». Hizo un gesto de sorpresa y me pidió que esperara en el sillón que estaba cerca del librero. De pronto, como de la nada, apareció un anciano caminando lento y apoyándose en un gracioso bastón con cabeza de perro. Se sentó al lado mío y me preguntó:

—¿Tú no eres de aquí?

—¡No! —contesté—. Hace poco nos mudamos a este bonito lugar.

—Mmm, entonces, ¿eres la esposa del nuevo doctor?

—Sí, así es.

El anciano le dice que en el pueblo todo se sabe y lo que no se sabe se inventa, pero todos son muy solidarios y buenos vecinos.

—Eso he notado —contestó Pau.

—Dice mi hija que quieres un café especial, pero ese café especial debes tomarlo en el patio.

—¿En el patio? Gracias, pero estoy bien aquí adentro. Hace mucho frío para estar afuera, prefiero tomarlo justo aquí donde estoy sentada, y también quiero una rebanada de pastel navideño.

Pau siempre había sido decidida, no daba muchas explicaciones y no le agradaba cambiar de parecer.

—Bien —contesta don Chato.

—Entonces, ¿no quieres invitar a nadie especial para tomar el café?

Paulina hace una cara de sorpresa y un poco molesta le dice:

—No entiendo, quiere que tome el café allá afuera, con este frío y además que invite a alguien especial. Piensa: «creo que mejor regreso otro día».

El viejo la tranquiliza y le explica:

—Mira, Paulina, ¿así te llamas, verdad?

—Sí...

—Aquí me conocen como Tío Chato.

—Sí, ya sé —contesta sin mucha emoción, ya con ganas de salir del café.

El tío Chato, con su amabilidad característica y ese don que tiene para convencer a los clientes, explica el por qué se denomina café especial y por qué debe ser servido en el patio, en la mesa del pasado, y por qué es importante invitar a alguien especial. También le dice que no sentirá frío y está seguro que serán unos minutos muy emotivos y agradables.

Paulina se interesa por esa forma de hablar y de convencer y empieza a ponerle atención y a hacer preguntas.

Y así como a todos los designados para pasar al patio mágico y tomar café con alguien especial, sin excepción, le explica el tío Chato, la regla sobre su tiempo y las campanadas de la iglesia.

Más por curiosidad, Pau decide seguirlo y entrar al patio. Hace una exclamación de ¡ooooh! y piensa: «Todo es hermoso, no se siente frío». La buganvilia tiene unas cuantas hojas y dos flores casi secas. El murmullo del agua de la acequia invita a meditar y descansar. Todo está muy limpio y aunque es mediodía, la parra y las macetas, junto con la buganvilia, están adornados con foquitos navideños de un solo color, como si fueran estrellitas.

Pau, toma asiento y mira la otra silla vacía. En el centro de la mesa, hay una pequeña maceta con una nochebuena.

Don Chato se acerca y se sienta junto Pau. Con esa voz que convence a todos, le explica las reglas para permanecer ahí. Le dice que es algo serio y verídico, y le pide que piense en un invitado especial.

Mi mente empieza a trabajar. Cuando el tío Chato me pide que piense en mi persona especial y que cierre los ojos, me siento ansiosa pero incrédula. Hago todo lo que me dice y escucho cómo alguien se acerca a la mesa, tintinea el plato con la taza para el café y lo sirve directo de una jarra. Siento el humo y el olor delicioso a café.

Entonces sucede, después de un mareo intenso, abro los ojos y sigo en el patio de la cafetería. Tomo un sorbo y compruebo que el café está muy caliente. Observo a mi alrededor y no hay nadie. En mi desconcierto, sin saber si ha surgido efecto, solo me queda esperar. Cierro de nuevo los ojos, quizá me faltó contar bien y vuelvo a contar hasta siete y repito las palabras: *Eres polvo de*

estrellas y hoy mi suerte me trajo aquí para invitarte a estar con-
migo en un sueño sinfín.

De repente, percibo un olor especial, parecido al perfume de papá. Abro los ojos y ¡sí! ¡Es mi papá!

Se acerca a mi mesa, me saluda con un beso cariñoso sin con-tacto, como si nos hubiéramos visto hoy por la mañana. Siento sus manos frías en mi brazo, pero tampoco hay contacto. Se sienta y me pregunta lo habitual:

—¿Cómo estás, mijita?

—No puedo evitar emocionarme. Trato de contener el llanto, las ganas inmensas de levantarme y abrazarlo con todas mis fuerzas, pero no puedo. Si lo hago, se acaba «la magia». Le pido que se siente.

—Pa, ¿cómo estás?

—Las mismas preguntas que siempre le hago: ¿Todo bien? ¿Cómo te has sentido?

Me habla poco sobre él, siempre ha sido así, no le gusta preo-cuparme con sus problemas. Solo veo esa sonrisa en sus ojos azules.

—Ay, pa, ¿qué preguntas te hago? Por tu semblante, veo que estás muy bien, en ese bello lugar.

—Pau, estoy perfecto. Sabes, ahí donde estamos todos los que hemos muerto, vivimos en un espacio hermoso.

Quisiera decir y preguntar tantas cosas, pero no quiero que se sienta agobiado. Tal vez quisiera que me platicara, como siempre lo hacía, sobre su infancia, juventud, cultura, la vida, volver a es-cuchar esos relatos de cuando era joven.

Empezamos a platicar sobre cómo estamos, siempre bien, y no sé cómo provocar que siga platicando. Quiero seguir escuchándo-lo, que alargue las historias, cuente detalles, cosas que solo él sabe.

—Oye pa, ahora que Rebe se irá a la universidad y me he sen-tido triste, me pregunto, ¿por qué decidiste irte tan joven de casa?

¿No sentías miedo? ¿Qué decían tus papás? ¿Cómo decidiste ir a México? ¿Qué hacías al mismo tiempo que estudiabas la universidad? ¿Con qué te divertías?

Quiero saber más de tu historia, de mi historia, de la nuestra. ¿Cómo fui de niña? Esa parte de mi vida ya nunca podré saberla, solo él la tiene, solo él puede contármela. Pienso y solo quiero escucharlo. ¿Fui muy rebelde? ¿Por qué no veíamos a tu familia? ¿Sentiste que no te apoyaron en tu nueva familia? ¿Crees que nos hizo falta convivir con ellos? Tal vez sí quisiera saber el porqué mis abuelitos no tenían fotos de nosotros en su casa, solo de sus hijos grandes. Hace tiempo, cuando me di cuenta de eso, me enojé mucho, pensando que mis abuelitos no las tenían porque no éramos dignos. Ahora que soy mamá, pienso que tal vez tú no querías mandarles fotos. ¿Nos protegías de alguna manera? ¿de qué?

—¿Por qué no podemos hablar de eso con la familia en general? Aún hoy no se puede.

—Oye, papi, en mis días de universidad, aún sin concluir, ¿cómo me dejaste casarme tan joven? ¿No tenías miedo? ¿De dónde sacaste la sabiduría o paciencia para acompañarme en mis decisiones de vida? ¿Dónde la encuentro? Platícame, ¡porque quiero aprender de ti!

Siempre te lo digo, y hoy te lo vuelvo a repetir, pa, siempre estaré agradecida por ayudarme a ser lo que ahora soy, por apoyarme en mi locura de estudiar Medicina, por conocer a Nando y hacerlo parte de tu familia. Tu apoyo a mi familia, a mis hijos, siempre será invaluable.

¿Fue difícil para ti hacerte cargo de una adolescente universitaria? ¿Cómo le hacías para tomar decisiones? ¿Cómo le hacías? ¡Quisiera escucharte las mismas historias una y otra vez! Aunque sé tenemos poco tiempo y con la posibilidad de que contestaras otras cosas a las respuestas de siempre: «con amor, hijita» o «Uffff, fue difícil». ¡Ah! ¿Pau, qué preguntas?

—¡Vaya, Paulina, hija mía, respira! Con tantas preguntas, tendrás que ordenar otros dos cafés para que nos dé tiempo. Sabes, mi vida de niño y joven no fue tan mala. Solíamos ir a la playa, mis hermanos y yo; más bien, nos escapábamos. Era divertido, pero en mi adolescencia las cosas se volvieron más difíciles y tomé la decisión de salir del pueblo y buscar trabajo en México. La llegada a una ciudad tan grande siempre impone, y yo muy chamaco, pero encontré gente buena que me dio asilo y poco a poco me fui abriendo paso. Trabajaba y estudiaba hasta que por fin terminé mi carrera y encontré otro trabajo mejor.

—Pau, la vida de matrimonio, ¡tú la conociste un poco! Quedarme sin esposa y con dos hijas pequeñas me aterró, pero ese miedo me permitió criarlas, tratar de darles lo mejor. Yo sabía que contaba contigo y te vi siempre como una niña más grande. Lamento mucho que tu niñez haya sido tan apresurada. A veces dejaba que hicieras cosas como si ya estuvieras más madura. Eso sí, confiaba mucho en ti. Vi en ti a una chica que, al tomar tus decisiones, sabía que eras las acertadas. Ahora te pregunto, ¿así fue? Yo sigo pensando que sí. Hoy eres una brillante profesionista, una madre excelente, aunque no tuviste esa figura frente a ti para desarrollarla. Nando y tú son padres que con el ejemplo están mostrando a sus hijos a ser hombre y mujer de bien.

—Hija, me llevo a ese lugar hermoso donde estoy tu cariño, el sinfín de preguntas, pero con mi corazón de polvo de estrellas feliz. Todas las respuestas las irás descubriendo en ti, porque yo estoy contigo, en tus hijos porque ahí estoy también y en todos los eventos que te hagan feliz o que te hagan luchar por alcanzar algo, el universo es una constelación, y nuestros ancestros forman constelaciones que se heredan.

—¡Papi, sé que no puedo modificar el presente y que no estarás mucho tiempo! ¡No creo que valga la pena hacer reclamos o tratar de convencerte de algo! Fue bueno verte y escucharte, aunque haya sido tan breve. En mi pensamiento y corazón te seguiré escuchando, y no me cansaré de repetirte en cada silencio: «Te quiero papi». Escúchalo antes de que se enfríe el café.

Muy lejano me pareció escuchar el repique de campanas de la Iglesia. Cerré los ojos con lágrimas rodando por mis mejillas, y al abrirlos ya no estaba mi papá, sentí frío y decidí salir del café y a toda prisa me dirigí a casa...

Lúa

Deseo que sanes todas esas cosas
por las que nadie te pidió perdón.

Anónimo

Sentada en la mecedora de su casa, Lúa disfrutaba de un refresco y un cigarrillo. Su hogar, al igual que muchas otras casas y el café mágico del pueblo, era de estilo colonial. Un gran portón de madera labrada daba a la calle y grandes ventanales adornaban la fachada. Al entrar, había un pasillo fresco con grandes macetas y helechos. Alrededor, un gran patio con losetas antiguas y en el centro, un jardín muy cuidado que comunicaba a todas las habitaciones de la casa.

Lúa se encontraba sola, dejando volar su mente como siempre. Pensaba en lo rápido que crecen los hijos, cómo se van y después, llega la otra generación: los nietos.

En los últimos días, Lúa se había sentido nostálgica. Aunque ya habían pasado unos cuatros años desde el fallecimiento de su madre, la extrañaba mucho. A veces se decía a sí misma que, aunque era una señora mayor, siempre había gozado de buena salud. Por eso, a todos los hijos les sorprendió su deceso y estaban viviendo un duelo.

Lúa sabía de ciertos rumores que circulaban por ahí. Incluso su madre, que en paz descanse, siempre contaba de esas leyendas que surgen en los pueblos antiguos. De pronto, decide salir al café del tío Chato, un lugar muy frecuentado por muchas familias del pueblo. Sin embargo, nadie comentaba si era verdad lo que se decía. Apaga su cigarrillo, toma el paraguas que está en un cesto en la esquina del portón, ya que observa que el cielo se estaba nublando y amenazaba llover.

Camina rápido y pronto siente las primeras gotas de lluvia. Al mojar las calles, desprenden un agradable olor a tierra mojada. A propósito, no abre el paraguas, permitiendo que las gotas de agua caigan por su rostro. Apresura más el paso y, a unas calles más adelante, llega a la cafetería del tío Chato. Es un lugar muy conocido por ella pues, aunque no son familia, el hecho de haber nacido ahí hace que casi todos se conozcan y se traten como tíos, tías, primos o parientes.

Entra corriendo ya que la leve lluvia se empieza a convertir en un gran aguacero.

—Hola, güera —saluda Lúa a la ya conocida hija de don Chato.

—Hola, Lúa. ¿Qué te trae por acá está tarde tan lluviosa?

Lúa se percata de que no hay nadie en la cafetería y piensa: «Quizás porque son las tres de la tarde y llueve, nadie quiso salir de casa. Como siempre, solo yo y mis ideas descabelladas».

Lúa se acomoda en un banco de la barra y contesta:

—Ay, güera, estoy sola en casa. Ya ves, la hija trabajando lejos, mi hijo y su familia andan de vacaciones y mi esposo en el rancho. Así que me acordé del sabroso café y tus pastelillos y me quise dar este regalo.

—Bien, bien —contesta la güera.

—Pues, en un momento te sirvo tu café. Ya sé cómo te gusta, bien caliente, sin azúcar y sin crema. ¿Vas a querer las galletas de nuez o pastelillo?

—Lúa ríe con esa risa sonora que la caracteriza y le dice:

—Bien que me conoces, prima. Ambas ríen…

En el norte del país todos se dicen primo o pariente.

Se oye la campanilla de la puerta principal y entra todo empapado, el tío Chato. Al unísono, su hija y Lúa exclaman:

—¡Pero qué mojado vienes, qué barbaridad!

—Sí, sí, no me regañen —contesta el tío—, debí haberme llevado el paraguas —se dirige a Lúa y le dice—: Lúa, dame un minuto y enseguida te saludo como Dios manda —dicho esto, el tío se retira.

A los pocos segundos, entra ya con ropa seca, limpiando su bastón con una franela. Se acerca a Lúa y dándole un ligero jalón del brazo, le dice:

—Ven acá, déjame darte un abrazo.

Se hace un gran silencio, se escucha un gran suspiro y soltando a Lúa, le dice:

—Cuando están dos o más personas y de repente se hace un silencio, es que acaba de pasar un ángel. Yo sé quién es ese ángel y sé a qué vienes hoy.

Lúa se sorprende de sus palabras, y aún con sus ojos verdes llenos de lágrimas, le contesta:

—Sí, tío, es importante para mí hablar contigo. Quiero saber, necesito que me expliques, quiero que me digas si los rumores son ciertos. Necesito, de todo corazón, decir muchas cosas que no dije en su momento.

—Ven conmigo, Lúa, le dice el tío, quiero mostrarte algo. Te llevaré al patio de la casa, de esta cafetería.

Lúa le responde:

—Pero, pero, pero, tío Chato, está lloviendo. Explícame aquí, en la sala de los libros. La verdad es que no me quiero mojar. ¡Mira cómo llegaste, todo empapado!

—Vamos, Lúa, confía en mí.

El tío lleva a Lúa al patio, le muestra la mesa con las dos sillas bajo la parra de uva y comenta:

—Lúa, ¿ves? Aquí no llueve. Hoy, para ti, todo será magia de la buena. Toma asiento y te diré qué tienes que hacer. Primero que nada, confiar. Después, cerrarás tus ojos y escucharás con atención mi voz…

Lúa se deja llevar por las palabras del tío, se concentra, cierra los ojos y escucha las palabras precisas para cerciorarse de que los rumores parecen ser ciertos.

Tío Chato toma asiento frente a ella y empieza a explicar la magia de ese momento. El ritual empieza casi siempre igual, le pide a Lúa que piense en una persona conocida que murió, esa sería su invitada especial. El tío continúa en voz baja y armoniosa:

—Confía, cierra los ojos y piensa en tu persona invitada. Respira saludablemente y cuando ya la tengas en tu mente y corazón, la vas a invitar a que venga a conversar contigo. No puedes cambiar de personaje, así que debes tener mucha seguridad y firmeza al decidir. Suspira y continúa el tío diciendo:

—Debes decir su nombre dos veces dos, enseguida dirás estas palabras: *Eres polvo de estrellas y hoy mi suerte me trajo aquí para invitarte a estar conmigo en un sueño sinfín.*

Te pide que abras los ojos y te pregunta si ya estás lista. Lúa contesta:

—Tío Chato, estoy lista. En verdad, estoy más que lista.

Continúa el tío…

—Antes de que la magia empiece, debes saber que solo tienes un breve tiempo para dialogar. No puedes tocar a la persona, tampoco puedes pedirle que haga algo por ti, o pretender que puedes cambiar el pasado, solo tendrás oportunidad de decir lo que te faltó. Ofrecer disculpas, agradecer, preguntar lo que quieras o solo contarle lo que has vivido desde que no está. Tu tiempo para compartir con tu ser amado terminará justo en el momento en que escuches tres repiques de la campana de la iglesia. Tu café sabrá a nostalgia, pero tu alma se sentirá feliz.

—Otra cosa —dijo tío Chato.

—Podrás volver las veces que quieras a disfrutar nuestro café, pero al patio mágico ya no.

—¿Aceptas?

—¡Claro que acepto, tío! —contestó Lúa.

Tío le dice:

—Tu café está en la mesa, ahora cierra los ojos.

Lúa se concentra y tal cual lo dijo el tío ella empieza a respirar de manera saludable y a repetir lo que le dijo, está muy emocionada, con sentimientos encontrados, de tristeza y alegría. Escucha el rechinido de la puerta del patio, al salir el tío y el sonido sordo de su bastón de perro.

E

Mamá amorosa, una luchadora incansable

Lúa abre los ojos y en la silla junto a ella no hay nadie, se asusta y cree que no dijo bien las palabras, ya se iba a parar a buscar al tío cuando alcanza a ver, justo parada a la orilla de la acequia, a una persona de estatura pequeña, dando la espalda, su cabello cano largo y rizado adornado con una flor natural en color rosa, su silueta irradia una clara luz, al acercarse, quiere tocarla, pero sabe que no es posible, en eso, al escuchar los pasos de Lúa, la persona se da vuelta y...

Lúa exclama con gran alegría:

—¡Mami, cómo es posible que estés aquí! Te puedo ver, ven, siéntate quiero charlar contigo, no tenemos mucho tiempo y creo que tú lo sabes.

La mamá de Lúa, sonríe y también sus ojos se iluminan al ver a su hija, quizá es como ver en ella a todos sus hijos. Y le dice:

—Aquí estoy, hija. Hoy fui llamada para venir aquí. Soy un ángel especial, un «ángel de luz y brillo». No es presunción, pero me gané ese título por mi vida terrenal. No puedo contarte mucho del lugar en donde estoy o estamos, pero es real y es hermoso.

—Mami —dijo Lúa—, no sabes cuánto te hemos extrañado. Te fuiste tan rápido, pero sabemos que tu misión ya había terminado. Tengo tan presente tus últimos días, con tus ojitos con tanta luz que de a pocas se iban apagando y aunque ya no podías hablar, sé que nos escuchabas. Ahí estuvimos contigo todos: tus hijos, nietos y bisnietos. Todos sentimos que en el fondo de tu corazón nos ibas bendiciendo. Yo te decía que estuvieras tranquila, que ya nos habías dado tanto, que íbamos a estar bien, y creí ver en tu rostro una sonrisa de paz.

—Sí, mi hija querida, yo los escuchaba y me sentí tan cobijada. Me di cuenta de que mi misión había terminado, sentí una gran paz, mi hora había llegado. Dios estaba conmigo, no lo veía, pero sabía que estaba ahí. Te quiero decir algo, tu papá estuvo ahí conmigo las últimas horas, siempre tan guapo y me fui con él del brazo hasta el lugar prometido. Nos fuimos felices.

Lúa olvidó el café, se concentró en escuchar las palabras de su mamá y le dijo:

—Mami, quiero contarte muchas cosas. Quiero decirte cuánto te agradezco por haberme dado la vida, por cuidarme y estar siempre para mí, y para toda la familia. Recuerdo en mi infancia cómo nos llamabas a la mesa para comer los alimentos tan deliciosos que preparabas. Fuiste tan reservada que no querías que nos diéramos cuenta de las carencias económicas que a veces enfrentaban papá y tú. Creo que eras algo así como una maga, porque nunca faltó pan en nuestra mesa. Apenas nos dábamos cuenta si había algún problema en la familia.

»Qué bellos recuerdos, mami. ¿Cómo lo hacías mamá para decirnos a cada uno de tus hijos las palabras precisas que necesitábamos, los consejos y regaños que nos merecíamos? ¿Cómo podías luchar con tantos problemas? Porque dicen que cada hijo es una bendición, pero viene con un catálogo de problemas que hay que resolver y tú tuviste trece catálogos muy diferentes.

Antes de que este momento pase, quiero decirte esto.

—Mami, por favor, escúchame. Quiero ofrecerte disculpas por no haber seguido tus consejos. Me advertiste que esa persona no era la indicada, pero creí en él y en mis años de adolescente pasó lo que me advertiste. Al principio, sentí miedo y no sabía cómo enfrentar esa situación contigo y con mi familia. Sé que cuando te diste cuenta, te desilusionaste de mí, pero con ese corazón de madre buena, me diste confianza y juntas empezamos a querer a ese pedacito de bebé que crecía en mí. Y así fue, al llegar mi nena, sanó mi corazón roto, y sé que la amaste mucho y ella a ti también.

—Hija, no fue desilusión, fue preocupación, porque sabía que, a tan corta edad tendrías que enfrentar dificultades, y vi en ti a una niña-mujer que supo resolver y seguir con su vida con la frente en alto. Lo único que hice fue apoyarte y, como dices, querer a mi hermosa nieta de ojos color esmeralda. Hija, en el mundo terrenal nadie es perfecto, así se aprende.

—Asi fue y así lo sentí, viviste conmigo el tiempo de rehacer mi vida de volver a creer en el amor y llegó mi hijo. Lo acogiste en tus brazos y lo amaste tanto como amaste a todos tus nietos ¿Sabes? Ahora entiendo el amor tan grande que tenías para tus nietos, ahora que soy abuelita te comprendo.

Mami sonreía y asentía con la cabeza.

—Quiero decirte que tenemos cuatro nietos. El mayor, ya tiene 11 años. A él si lo conociste, lo acunaste y le cantaste canciones. Conservo un video de ello cantándole Amor chiquito y cada vez que lo reproducimos todos acabamos llorando y extrañándote. Él va a pasar a la secundaria. A mis otros 3 nietos, ya no los conociste, mami. Uno tiene 10 años, las gemelas tienen 5 años, todos son extrovertidos, inteligentes e inquietos. Les gusta participar en todo. El de 10 está en quinto y las gemelas en preescolar. Tienen una bella sonrisa, y, a veces, no sabes distinguirlas, pues son como dos gotas de agua. Sé que las adorarías como yo. Dios me ha bendecido al darme a estos hijos que tengo y a mis adorados nietos. Mamá sé que en ese lugar privilegiado donde estás, nos mandas bendiciones a todos tus hijos, nietos y bisnietos.

Mami Cheli vuelve a asentir con la cabeza y le dice:

—Hija, una madre jamás deja de bendecir a sus hijos y a sus descendientes. A ustedes les toca no olvidarse de sus raíces, de reconocer a sus ancestros, honrar a los que aún viven y a los que ya somos polvo de estrellas, porque sin ellos y sin nosotros ustedes no existirían.

—Sí, mami, tienes razón. Te tengo que decir, aunque ya lo sabes, que mis hijos están muy bien. Cada uno en sus ocupaciones, son jóvenes muy responsables y trabajadores. Y yo, mamá, junto a mi esposo continuamos con nuestros afanes. A veces se han complicado algunas cosas en el trabajo, pero siempre resolvemos sin más problemas.

Mamita, me tengo que apurar. Gracias por venir, por escucharme. Sé que donde estás nos bendices y nos cuidas. No sabes cuán orgullosa me he sentido de ti. Aquí en la tierra fuiste una gran mujer, un ángel de luz y ahora en ese lugar tan hermoso, también eres un ángel especial. Te amo, mami. Espérame allá, que un día llegaré a ti y entonces te podré abrazar para nunca jamás dejarnos.

Lúa acababa de pronunciar la última frase. Bajó su cabeza para cerciorarse si aún le quedaba café. Con alegría, vio que la taza estaba casi llena. Tomó la taza, le dio un sorbo y notó que estaba muy frío. Se estremeció al recordar lo que el tío había dicho.

—¡Y al escuchar tres repiques de campana...! —suspiró, al volver la vista a donde estaba su mamá, creyó ver una silueta formada por polvo de estrellas que se desvanecía, y en la mesa quedó una flor rosa...

Tomó la rosa y se quedó un rato respirando ese olor a tierra mojada. Se sintió confortada y nostálgica. De repente, sintió unas manos en sus hombros que la asustaron un poco. Era el tío Chato, quien la invitó a entrar a la cafetería para disfrutar unas galletas de nuez y un café bien caliente. Lúa se recargó en el hombro del tío y las lágrimas seguían fluyendo, rodando por sus mejillas.

Pensó: «Hasta un día, adorada mamá»...

El tío Chato, con voz ronca y tierna dijo:

—Nety, hija, prepara tres tazas de café para disfrutar una linda charla con Lúa.

Una vez un rey paseaba por el bosque y vio a
un pobre viejecito que se afanaba en un surco.
Se acercó a él y vio que estaba plantando nogales.
Le preguntó porqué lo hacía y el viejecito
le respondió: Me encantan las nueces.
El rey le dijo: Anciano, no afanes tu encorvada
espalda sobre ese hoyo. ¿Acaso no ves que
cuando el nogal crezca tu no vivirás para
recoger sus frutos? Y el anciano le respondió:
Si mis ancestros hubieran pensado como vos,
majestad, yo nunca hubiera probado las nueces.

Juan Gómez-Jurado

Un poco de mi trabajo: mi labor como terapeuta familiar se ha extendido por más de 25 años, durante los cuales he utilizado diversas técnicas y modelos terapéuticos. Existe un dicho muy popular que versa así: «Todos los caminos llegan a Roma», y esto se aplica en terapia. Jamás debemos encasillar a un consultante o a una familia con una sola técnica, ya sea la de moda, o la que me gusta. Cada persona es especial y lo que funciona para una puede que no funcione para otra. Pero, por fortuna, casi todas mis intervenciones han tenido buenos resultados para los consultantes. He utilizando varios caminos en sus mapas particulares hasta llegar al objetivo planeado, que es sanar el alma y el cuerpo.

Muchos de los temas que hemos trabajado están relacionados con el duelo, en el sentido de la pérdida de un ser queridos. Los consultantes llegan con culpas por no haber hecho o dicho algo, porque la muerte fue tan repentina que les faltó decir muchas cosas. También llegan con sentimientos de enojo o resentimiento por cómo se dieron las comunicaciones entre ellos.

Fue aproximadamente en el 2004 cuando conocí con más profundidad la terapia narrativa, diseñada por dos grandes mentes, Michael White y David Epston. Michael White ya murió, y sé que si me honrara con mi invitación especial a la mesa del pasado y charlara con él, aparecería con esa sonrisa y respeto que lo caracterizaba. ¿Cuántas dudas le preguntaría? ¿Qué me diría? Estoy segura de que me recordaría los tres fundamentos de la narrativa:

1. Respeta al consultante: no lo juzgues, ni lo veas como deficiente para resolver los problemas. Tu trabajo sería hacerle ver que los problemas son como algo externo a ellos, ya que los pacientes no son el problema, el problema está fuera de él y que tienen herramientas para resolverlos.

2. La terapia narrativa no busca culpar, sino que se busca que el consultante cuente y recuente el problema, lo sane y lo convierta en algo positivo. Cuando comprenda que no tiene sentido culpar a otros ni culparse a sí mismo, estará listo para seguir enfrentando las dificultades que se presenten de una mejor manera.

3. El terapeuta es un guía; el experto es el paciente. El terapeuta siempre estará al mismo nivel que el consultante, jamás se sentirá superior. Solo guiará al consultante para que descubra sus propios recursos y transite por esos caminos que le ayuden a sanar el alma y el cuerpo.

Me guiñaría el ojo, se despediría y diría: «Cada paciente sabe qué hacer, tú solo tienes que guiar para que descubra sus herramientas». También expresaría algo como: «No patologices, no etiquetes, porque entonces te pones como experto y superior a él y ya no vas a poder ayudarlo a descubrir sus potencialidades. El enfoque terapéutico de la narrativa, entonces, no patologiza ni etiqueta. También me recordaría: «Si le gusta escribir, que escriba, escriba, escriba»… sé que eso me diría.

¿Cómo funciona la terapia narrativa?

La terapia narrativa percibe las historias del cliente con asombro y curiosidad, para buscar junto a él aquellos tesoros que pueden ser descubiertos.

En este tipo de enfoque, el terapeuta no actúa como experto y, por el contrario, ayuda a la otra persona a darse cuenta de que es la experta de su propia vida.

Por lo que demuestra al cliente que su propia historia de vida está llena de posibilidades: sueños, valores, habilidades o metas que podría descubrir.

Durante esta búsqueda, el terapeuta aborda ciertas experiencias de la historia del cliente, para unirlas a través del tiempo en torno a un tema.

Afrontan aquellos problemas específicos que el usuario quiere resolver, a través de un cuidadoso uso del lenguaje y la aplicación de estrategias.

Una vez que se han encontrado, la terapia narrativa va desarrollando esa historia a través de preguntas y técnicas que contribuyen a su enriquecimiento.

La función clave de la terapia narrativa es moldear la historia que el cliente se cuenta a sí mismo, sobre su propia vida y la repercusión de sus acciones.

El terapeuta narrativo es el guía que ayuda a redescubrir esa historia, modificarla o generar una nueva que influya de manera positiva en la persona.

Uno de los principales objetivos de la terapia narrativa es que aparezca en el cliente ese sentimiento de dirigir su vida hacia donde él lo desea.[4]

Escribir un pensamiento para ti, narrar un problema o comunicarse con alguien «como si...» estuviera, aunque no esté presente en terapia en general da muy buenos resultados e influye de forma positiva al consultante.

Una de las recomendaciones para los jóvenes adultos, que tienen su vida tan agitada, y con el estrés de vida que nos está tocando vivir, es que se den unos espacios para platicar con sus padres, con sus abuelos, que les cuenten sus historias de vida, que busquen ese encuentro fabuloso y se tomen un café en vida.

Te invito a que invites a alguien especial a entrar en tu mente y corazón. A esa persona que caminó contigo en parte del sendero de la vida, o que por motivos desconocidos se apartó de ti y necesitas entender el porqué. Ellos ahora están en otro plano, que como todos los que mueren se convirtieron en polvo de estrellas y recorren el universo divino y de fe.

Ya sabes cómo hacer esa magia. «Cierra los ojos y piensa en...» cuando estés lista o listo, ahí estará frente a ti, entonces escribe, háblale con la mente y corazón, qué le dirías, qué le preguntarías a esa persona especial, reconcíliate con ella, pregúntale eso que no tuviste tiempo de preguntar, ofrece disculpas, perdónale, o solo cuéntale tu vida desde que ya no está...

---

4. M. Glober, Técnicas de terapia narrativa, https://ayuda-psicologica-en-linea.com › terapia-narrat

Carta para…

Lecturas recomendadas

Ojos de padre (Fernanda Olea Burgos)

Los monstruos bajo la cama (Alan G. Ramírez R)

Amando mi soledad (Ángela María Polanco Barreto)

www.ingramcontent.com/pod-product-compliance
Lightning Source LLC
LaVergne TN
LVHW051506170726
843492LV00002B/826